Thomas Goletz
Diddlina
Diddl
www.diddl.com
© Goletz
Thomas Goletz

Das große Buch von Diddl und seinen Freunden

Dieses Büchlein gehört:

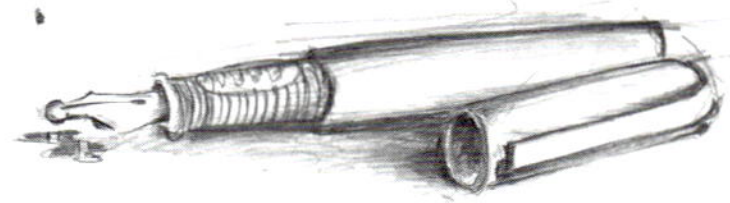

Inhaltsverzeichnis

Hallihallo
und ganz herzlich willkommen!

Wie schön, dass du dich von mir durchs Käsekuchenland führen lassen möchtest. Mannomaus, ich bin wirklich ganz schön aufgeregt – schließlich ist dieses Buch für mich eine echte Premiere. Noch nie habe ich meine Freunde, meine Heimat und auch mich selbst in einer solchen Form vorstellen dürfen.

Schon die Arbeit an diesem Buch hat uns allen turbototal viel Spaß gemacht. Beinahe täglich sind uns neue Ideen über den Schreibmaltisch gehüpft und haben uns dazu gebracht, dieses Buch immer wieder zu überdenken, alles noch ausführlicher zu erzählen und hier und da ein paar kleine Details schöner und aufwändiger zu gestalten. Am Ende möchte man es dann fast gar nicht mehr aus den Pfoten geben ... Aber nein – meine Freunde und ich haben es ja genau dafür gemacht: Wir wollen dich und alle anderen Leser auf eine Reise durchs Käsekuchenland mitnehmen, und dabei sollt ihr jeden einzelnen von uns ein wenig besser kennen lernen.

Ob du es glaubst oder nicht – sogar wir haben uns dabei untereinander noch ein Stückchen besser kennen gelernt, und auch das war eine wunderschöne Erfahrung!

Ich wünsche mir – und dir –, dass du ganz viel Spaß haben wirst auf dieser kleinen Reise und dass du das Buch genauso sehr magst wie wir. Es ist nicht dazu gedacht, nur einmal gelesen zu werden. Vielmehr ist es auch ein kleines Lexikon über die Diddl-Welt, in dem du alle Informationen nachschlagen kannst, die du als Diddl-Freund vielleicht einmal brauchst.

Tja, ich glaube, mehr sollte ich nicht vorwegnehmen, denn schließlich sollst du dieses Buch selbst kennen lernen, indem du nun gleich weiterblätterst.

Also, los geht's – ganz viel Spaß beim Schmökern wünscht dir

dein Diddl

STECKBRIEF VON DIDDL

NAME: Diddl
TIERART: Springmaus
GEBURTSDATUM: 24. August 1990
GEBURTSORT: Käsekuchenland
WOHNORT: Käsehöhle unter dem Dachbodenbaum
GRÖSSE: dreikäsehochfünfzig
GEWICHT: sprungfederleicht
STERNZEICHEN: Jungfrau
AUGENFARBE: schwarz
HAARFARBE: schwarz
HAARSCHNITT: sportlich-verweht
BESONDERE KENNZEICHEN: Latzhose, große Füße, drei Haare
MEINE HOBBYS: malen, basteln, Abenteuer erleben, Sprüche klopfen, knuddeln, Käse essen, Spaß haben und mit Diddlina zusammen sein
WAS ICH WERDEN MÖCHTE: Bundeskäsekanzler
FINDE ICH COOL: Geburtstag haben
WAS ICH NICHT MAG: Unehrlichkeit, Ungerechtigkeit, die Frog-Brothers
WAS ICH GUT KANN: springen, Diddlina tief in die Augen schauen, faulenzen
WAS ICH NICHT SO GUT KANN: geduldig mit Diddlina Klamotten einkaufen gehen, in der Schule stillsitzen, rechnen
LIEBLINGSMUSIK: schmusiger Diddl-Rock
LIEBLINGSFARBE: goudagelb
LIEBLINGSESSEN: „Strumpfländischer Großlöchriger Superstinker"
LIEBLINGSGETRÄNK: „Löchersberger Käselimonade"
LIEBLINGSKLAMOTTEN: meine Latzhosen
LIEBLINGSFILM: „Der mit dem Käse tanzt" – mit Käse Kostner
ICH BIN EIN FAN VON: Diddlina
MEIN GRÖSSTER WUNSCH: dass sich alle auf der ganzen Welt vertragen, dass Diddlina mich immer lieben wird, dass immer schönes Wetter ist und dass meine Käsevorräte nie zu Ende gehen

Das bin ich!

Ich wurde am 24. August 1990 als Springmaus geboren: An jenem Tag hat mein Zeichenpapa Thomas Goletz

die allererste Zeichnung von mir aufs Papier gezaubert. Schon von Anfang an bin ich am liebsten in bunten Latzhosen durchs Käsekuchenland gehüpft, und daran hat sich bis heute nichts geändert. Dort habe ich einfach alles, was maus zum Glücklichleben braucht: meine Freunde, ein gemütliches Zuhause und immer ein Stückchen „Strumpfländischen Großlöchrigen Superstinker" – meinen allerliebsten Lieblingskäse!

So führe ich im Käsekuchenland ein sauseschönes und ziemlich unbeschwertes Leben mit einer riesigen Portion Spaß und vielen tollen Abenteuern. Also, ich könnte da Geschichten erzählen ... Das wäre aber nicht möglich, wenn ich nicht so liebe Freunde hätte.

Zuerst einmal ist da meine süße Diddlina … hmmm, ich hab sie sooo lieb! Ohne sie wäre mein Leben nur halb so blubberbunt. Ich bin manchmal ganz schön verträumt und ehrlich gesagt nicht so besonders gut im Plänemachen und Organisieren. Aber Diddlina hilft mir stets auf die Sprünge, im wahrsten Sinne des Wortes … hihi!
In meinem Herzen ist – das schwöre ich bei meiner Mäuseehre – immer ein riesiger Platz für meine süße Maus reserviert. Zum Glück ist mein Herz ziemlich groß, denn da gibt es noch viele andere große und kleine Freunde im Käsekuchenland, die mir sehr wichtig sind, jeder eben auf seine ganz spezielle Weise.
Alle zusammen sind wir einfach ein unschlagbares Team, und das gibt mir jeden Tag aufs Neue ein unglaublich warmes, goudagutes Gefühl im Bauch und vor allem in meinem Herzen!

(Szene aus dem Hörspiel „Diddls Crazy Holidays")

Diddlina

Das ist meine sahnesüße Diddlina …

… ist sie nicht zauberhaft?!

Sie ist meine erste große Liebe, und die gemeinsamen Stunden mit ihr sind die schönsten in meinem Mäuseleben! Auf Diddlina kann ich mich immer total verlassen, auch in den kniffligsten Situationen – wir gehen zusammen durch dick und dünn! Und ich muss zugeben, dass ich ohne Diddlinas kluge Ideen schon manchmal ganz schön verloren bin … mannomaus, sie ist echt clever! Manchmal kann Diddlina aber auch ganz schön beleidigt spielen, zum Beispiel wenn ich nicht rechtzeitig an ihren Geburtstag denke. Natürlich passiert das eigentlich so gut wie gar nie nicht … Na ja, da muss ich mich schon mäusemächtig ins Zeug legen, um meine süße Diddlina immer wieder aufs Neue zu erobern. Am besten gelingt das mit so richtig romantischen Geschenken. Oder – wenn mir ausnahmsweise mal nichts besonders Romantisches einfallen will – mit einer neuen watteweichen Haarschleife, die liebt sie nämlich ganz besonders …

STECKBRIEF VON DIDDLINA

NAME: Diddlina
TIERART: Springmaus
GEBURTSDATUM: 1. Mai 1991
GEBURTSORT: Käsekuchenland
WOHNORT: Käsehöhle unter der Blumenwiese
GRÖSSE: so groß wie Diddl – dreikäsehochfünfzig
GEWICHT: käselöcherleicht
STERNZEICHEN: Stier
AUGENFARBE: schwarz
HAARFARBE: schwarz
HAARSCHNITT: sanft gebürstet
BESONDERE KENNZEICHEN: gepunktete Schleife, große Füße, drei Haare
MEINE HOBBYS: Blumen, Geschenke selber basteln, tanzen
WAS ICH WERDEN MÖCHTE: Primaballerina
FINDE ICH COOL: Diddl
WAS ICH NICHT MAG: verbrannte Kuchen, die Frog-Brothers
WAS ICH GUT KANN: kochen, lange Einkaufsbummel machen, basteln
WAS ICH NICHT SO GUT KANN: mit Technik umgehen, auf hohe Bäume klettern
LIEBLINGSMUSIK: Flamenco-Musik
LIEBLINGSFARBE: alle bunten Blüten-Farben
LIEBLINGSESSEN: „Strumpfländischer Großlöchriger Superstinker"
LIEBLINGSGETRÄNK: „Löchersberger Käselimonade"
LIEBLINGSKLAMOTTEN: Sommerkleider und watteweiche Haarschleifen
LIEBLINGSFILM: „Diddanic"
ICH BIN EIN FAN VON: Schokogeleebananen
MEIN GRÖSSTER WUNSCH: dass Diddl und ich für immer glücklich sind

Diddlina

Und so sieht Diddlina ihren Diddl...

Diddl ist mein kleiner großer Held und ich bin totaaal verliebt in ihn. Das werd ich bestimmt mein Leben lang sein, denn irgendwie verliebe ich mich immer wieder neu in meinen süßen Mäuserich. Ich finds sauseschön, dass er mich ganz oft mit kleinen romantischen Geschenken und Ideen überrascht. Außerdem nimmt Diddl mich ernst, obwohl ich ein Mädchen bin, und das ist für mich absolut wichtig. Nicht so wie die dummen Frog-Brothers, die immer noch glauben, dass ein Mädchen ihnen nicht gefährlich werden kann. Dabei sollten sie es inzwischen wirklich besser wissen, hihi. Diddl und ich sind auf jeden Fall einfach ein Spitzen-Team, denn wir ergänzen uns prima und haben goudagenialviele Gemeinsamkeiten.

Und ich geb meinen Diddl um nichts in der Welt mehr her!

Mit dir kann man so gut lachen
und Traumblasen verhundertfachen.
Mit dir kann man durch die Wolken flitzen
und faul unterm Regenbogen sitzen.
Mit dir verfliegen Sorgen im Nu,
denn du hörst mir so gerne zu.
Mit dir bleibt jede Sonntagsuhr stehen.
Komm lass uns meilenweit durch Freundschaftswiesen geh

Galupy und Diddlina

STECKBRIEF VON PIMBOLI

NAME: Pimboli
TIERART: Knuffelteddy
GEBURTSDATUM: 13. Dezember 1998, 0 Uhr
GEBURTSORT: Südwestknautschanien
WOHNORT: in meinem Wohnkoffer in Diddls Käsehöhle
GRÖSSE: halb so groß wie Diddl, also eineinhalbkäsehochfünfundzwanzig
GEWICHT: so viel wie ein voller Honigtopf
STERNZEICHEN: Schütze
AUGENFARBE: schwarz
HAARFARBE: Ich glaube, maus nennt die Farbe „Sienna Natur".
HAARSCHNITT: Knuffelbüschel

BESONDERE KENNZEICHEN: rote Knuffelnase
MEINE HOBBYS: mit Diddl Abenteuer erleben, mit Mimihopps spielen
WAS ICH WERDEN MÖCHTE: ein selbstständiger Wohnkoffer- und Ferientester
FINDE ICH COOL: Ackaturbo, Diddls tollen Dachbodenbaum
WAS ICH NICHT MAG: alleine sein, Dunkelheit, die fiesen Frog-Brothers
WAS ICH GUT KANN: knuffeln
WAS ICH NICHT SO GUT KANN: lesen, mutig sein
LIEBLINGSMUSIK: honigsüße Schmuse-Heavymetalmusik
LIEBLINGSFARBE: honigleuchtendes Braungoldgelb
LIEBLINGSGETRÄNK: „Pappsüßbrunner Blüten-LimHonade"
LIEBLINGSESSEN: Honig
LIEBLINGSKLAMOTTEN: meine flauschige Schlafmütze und meine Hausschuhe
LIEBLINGSFILM: „Der Tag, an dem der Honig kam"
ICH BIN EIN FAN VON: Mimihopps, Robbie Diddliams

MEIN GRÖSSTER WUNSCH: einmal Südwestknautschanien zu finden und dass nie mehr gefährliche Dinge auf der Welt passieren

Schaut mal, das ist mein lieber kleiner Freund Pimboli ...

... ein echter südwestknautschanischer Knuffelteddy!

Mannomaus, das war vielleicht was, als ich ihn damals auf dem Dachboden gefunden habe. 482 Treppenstufen bin ich gestiegen, um dort oben nach meinem tausenddoppelseitigen Nachschlag-alles-wiss-Springmauslexikon zu suchen, und was finde ich: einen Knuffelteddy in seinem Wohnkoffer! Das war die schönste Dachboden-Entdeckungs-Überraschung meines Lebens, denn Pimboli und ich sind seitdem die dicksten Freunde. Sein Wohnköfferchen, in dem er nachts schlafkuschelt, steht nun direkt neben meinem Ritzeratzebettchen. Mit seiner tapsigen Neugier und seiner schüchternen Ängstlichkeit ist Pimboli einfach unheimlich liebenswert. Ich habe immer das Gefühl, dass ich ihn ein wenig beschützen muss, und das ist ein ziemlich gutes Gefühl! Wenn es allerdings drauf ankommt und seine Freunde – und vor allem Mimihopps – in Not sind, dann vergisst der kleine Pimboli all seine Angst und greift mutig ein – ein echter Freund eben!

Die größte Freude kann man dem Kleinen mit einem Topf Honig machen, denn für diesen Bienensaft würde Pimboli fast alles tun.

Schade nur, dass unser kleiner Knuffelteddy sich so gar nicht an seine Heimat Südwestknautschanien erinnern kann. Ich würde gern mal mit ihm dorthin hüpfen um zu sehen, ob alle Knuffelteddys so liebenswert sind wie er!

Was bedeutet diese Freundschaft für Pimboli?

Die Begegnung mit Diddl ist das Beste, was mir in meinem Leben passiert ist, denn er ist für mich etwas ganz Besonderes, und ich hoffe, dass ich immer sein Freund bleiben darf. Er hat mich auf dem Dachboden gefunden und ist seitdem eigentlich immer in meiner Nähe, um ein wenig auf mich aufzupassen. Bei den vielen Abenteuern, in die wir ständig hineintapsen, ist das auch gut so, denn ich bin ehrlich gesagt manchmal ein klein wenig ängstlich ...

Diddl entdeckt Pimboli auf seinem Dachboden.

(Szene aus dem Hörspiel „Alles OKäse auf Diddls Geburtstagsparty")

Hier kommt Ackaturbo, unser Wirbelwind der Lüfte …

Der quirlige Feuerschwanzminirabe ist ein unglaubliches Energiebündel, und das kann ab und zu ganz schön anstrengend sein – manchmal ist sein Geplapper nämlich einfach nicht zu stoppen. Ist aber eigentlich gar kein Wunder: Weil Ackaturbo so neugierig ist, bekommt er nun einmal vieles mit, und das will er dann natürlich weitererzählen. Ihr glaubt aber gar nicht, wie oft uns genau diese Eigenschaft unseres kleinen Freundes schon aus der Patsche geholfen hat! Mit seiner „Verwirrungsturbotaktik" ist ihm nämlich schon so manches Ablenkungsmanöver gelungen … Mutig ist der kleine Rabe auf jeden Fall, auch wenn es manchmal eher Übermut ist, der ihn zu waghalsigen Flugmanövern oder unmöglichen Streichen verleitet, die er gern an Pimboli ausprobiert. Alles in allem muss maus ihn einfach gern haben, denn wenn es drauf ankommt, ist auf Ackaturbo hundertprozentig Verlass!

STECKBRIEF VON ACKATURBO

NAME: Ackaturbo
TIERART: Feuerschwanzminirabe
GEBURTSDATUM: 12. Dezember 1998, 24 Uhr
GEBURTSORT: Käsekuchenland
WOHNORT: im Nest auf dem Dachbodenbaum von Diddls Käsehöhle
GRÖSSE: einkäsehochfünfzehn
GEWICHT: Federgewicht
STERNZEICHEN: Schütze
AUGENFARBE: schwarz
HAARFARBE: ackaturboblau
HAARSCHNITT: stromlinienschnittig

BESONDERE KENNZEICHEN: feuerrote Schwanzfedern
MEINE HOBBYS: diskutieren, durch die Luft sausen, mit Diddl Comics angucken
WAS ICH WERDEN MÖCHTE: Astronaut oder Überschalltestflieger
FINDE ICH COOL: Superman
WAS ICH NICHT MAG: Bruchlandungen, die Frog-Brothers
WAS ICH GUT KANN: einen dreifachen Weltumsegler-Looping
WAS ICH NICHT SO GUT KANN: perfekt landen
LIEBLINGSMUSIK: Superheldenmusik
LIEBLINGSFARBE: himmelblau
LIEBLINGSESSEN: Ploppcorn
LIEBLINGSGETRÄNK: Südseesabbelwasser
LIEBLINGSKLAMOTTEN: mein hübsches Federkleid
LIEBLINGSFILM: „In 80 Tagen um die Welt"
ICH BIN EIN FAN VON: Diddl
MEIN GRÖSSTER WUNSCH: endlich mal die Schallmauer zu durchbrechen

Aaachtung ... Platz da ... ich lande jetzt ...

Uiuiuiuiui, das war jetzt aber ganz schön knapp! Ist aber auch verflixt schwierig, auf so einer kleinen Buchseite perfekt zu landen, das müsst ihr zugeben. Na gut, ich weiß – Landungen sind nicht gerade mein Spezialgebiet, aber ich bin ja schließlich auch ein Minirabe und kein Hubschrauber. Außerdem sorge ich damit immer für Trubel und es wird nicht langweilig, hihi! Irgendjemand muss doch schließlich für Schwung sorgen, und da ist man bei mir garantiert immer an der richtigen Adresse. Okay, okay... manchmal übertreibe ich vielleicht ein klitzekleinbisschen, das gebe ich ja zu. Aber das steckt uns Feuerschwanzminiraben einfach in den roten Schwanzfedern, wir können gar nichts dafür! Und zum Glück sind meine Freunde ganz schön toll und turbotolerant, so dass sie mir meine kleinen Streiche nie so wirklich übel nehmen. Wir sind halt einfach ein sausestarkes Team!

Noch viel unsicherer
als meine eigenen
Landungen
sind die mit Onkel
Bubberpengs
„Diddl-Daddl-Mobilator".

STECKBRIEF VON MIMIHOPPS

NAME: Mimihopps
TIERART: Fuchskaninchen
GEBURTSDATUM: 14. Januar 1999 – genau ein Monat, ein Tag und eine Stunde später als Pimboli
GEBURTSORT: Käsekuchenland
WOHNORT: In der Riesenrübe
GEWICHT: etwas leichter als Pimboli
GRÖSSE: so groß wie Pimboli
STERNZEICHEN: Steinbock
AUGENFARBE: schwarz
HAARSCHNITT: vom Winde verweht
HAARFARBE: vanilleblond

BESONDERE KENNZEICHEN: drei Haarschleifen, Herzchennase
MEINE HOBBYS: kleine schöne Sachen sammeln, z. B. besondere Steine, Muscheln, Glasperlen, Blüten, Nüsse, Bonbonpapiere, Postkarten, Haarschleifen, Federn usw.; Gedichte schreiben, mit Pimboli Verstecken spielen
WAS ICH WERDEN MÖCHTE: Mohrrübeneisverkäuferin
FINDE ICH COOL: auf Diddls Regenbogenrutsche herunterzusausen
WAS ICH NICHT MAG: Knoten in den Ohren, die Frog-Brothers
WAS ICH GUT KANN: schnell laufen, kleine Sachen entdecken
WAS ICH NICHT SO GUT KANN: rechnen, schwere Dinge hochheben
LIEBLINGSMUSIK: Musik von den Diddstreet Boys
LIEBLINGSFARBE: rosa
LIEBLINGSGETRÄNK: Vanille-Milchshakes
LIEBLINGSESSEN: Mohrrübenkuchen
LIEBLINGSKLAMOTTEN: mein violettes Kleid
LIEBLINGSFILM: „Bambi“
ICH BIN EIN FAN VON: Pimboli

MEIN GRÖSSTER WUNSCH: einen echten Schatz zu finden

Mimihopps

Und das ist Mimihopps, das schmuseweiche Fuchskaninchen!

Falls du dich jetzt fragst, was für eine seltsame Tierart ein Fuchskaninchen ist, kann ich das ganz schnell erklären: Der Vater von Mimihopps ist ein Fuchs und ihre Mutter ein Kaninchen – lollilogisch, oder?! Für Pimboli ist Mimihopps die allerbeste Freundin und Spielgefährtin, und das ist auch kein Wunder: Sie ist einfach so goldig und liebenswert, wenn sie in ihrer frischfröhlichen Gute-Laune-Stimmung singend und verträumt durchs Käsekuchenland hüpft!

Wenn einer von uns etwas sucht, dann ist Mimihopps eine echte Hilfe. Das hat wohl vor allem mit ihrer größten Leidenschaft zu tun: dem Sammeln von schönen kleinen Dingen. Egal ob besonders hübsche Steine, bunte Blüten, flauschige Federn oder seltene Muscheln – Mimihopps findet und sammelt einfach alles! Durch ihre vielen langen Spazierhüpfgänge kennt das kleine Fuchskaninchen das Käsekuchenland so gut wie ich meine Latzhosentasche, und so ist sie ihrem Freund Pimboli beim Versteckspiel – ihrem allerliebsten gemeinsamen Spiel – meistens um Mohrrübenlängen voraus. Aber gutmütig, wie sie ist, nutzt sie das nicht aus, sondern lässt den kleinen Knuffelteddy auch mal gewinnen …

Mimihopps

Und so denkt Mimihopps von ihren Freunden ...

Ach, du liebe Mohrrübe – das ist ja vielleicht aufregend hier. Sooo viele neue Eindrücke ... die kann ich alle sammeln! Schließlich sammel ich ja auch die vielen tollen Erfahrungen mit meinen Freunden. Natürlich nicht so, wie man Postkarten oder Perlen sammelt, sondern ganz unsichtbar in meinem Herzen! Die meisten davon haben mit Pimboli zu tun, denn er ist mein allerbester Freund. Zum richtigen Verliebtsein bin ich ja noch ein bisschen zu klein, aber ich glaube, wenn ich mich irgendwann einmal verliebe, dann bestimmt in Pimboli. Im Moment sind wir aber einfach oberdicke Freunde, und das find ich total schön!

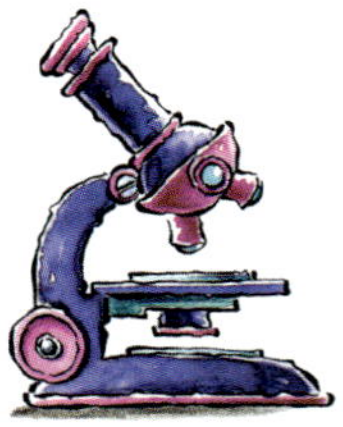

Mathe find ich super $\sqrt[2]{627 \cdot 398}$ $\sqrt[2]{35}$

Darf ich vorstellen: Professor Diddldaddl Blubberpeng …

… der Onkel des Cousins von meiner Großtante dritten Grades.

Für uns alle ist er aber ganz einfach Onkel Blubberpeng. Er ist zwar schon ganz schön alt, aber immer noch unglaublich kreativ und experimentierfreudig. Maus könnte fast meinen, dass er einfach nicht älter wird … Onkel Blubberpeng hat ein richtiges Probiertüfteltestlaboratorium, in dem er seit vielen Jahren hin- und herexperimentiert. Etwas problematisch ist dabei – mal abgesehen von seiner Kurzsichtigkeit – die unbestrittene Tatsache, dass er sehr zerstreut und schusselig ist. Es knallt und qualmt darum bei seinen Experimenten ziemlich häufig, und es kommt selten so, wie er es sich gedacht hat. Als urechtes Chaos-Genie lässt Onkel Blubberpeng sich davon aber nie abschrecken, im Gegenteil: Meistens bringen ihm diese missglückten Versuchsanordnungen und die knisterdampfknallenden Experimentexplosionen ganz unvorhergesehene Erkenntnisse für andere Dinge. Das heißt, er findet Antworten auf Fragen, die er gar nicht gestellt hat … kann auch ganz praktisch sein! Seine Erfindungen sind oft ziemlich verrückt und auf den ersten Blick wenig vertrauenserweckend, wie zum Beispiel die dampfgetriebene Kesselbrotschussbackmaschine oder der unwettergespeiste Hochspannungsbananenbieger! Aber viele Abenteuer hätten wir ohne den Einsatz dieser Blubberpengschen Wundermaschinen nicht so gut überstanden. Wenn ich da nur an den Flugmobilator denke …

STECKBRIEF VON PROFESSOR BLUBBERPENG

NAME: Diddldaddl Blubberpeng
TIERART: Springmaus
GEBURTSDATUM: 11. Oktober 1927
GEBURTSORT: Käsekuchenland
WOHNORT: Käsekuchenland, Probiertüfteltestlaboratorium
GRÖSSE: dreikäsehochfünfundfünfzig
GEWICHT: 37,385/385 x 45,67 Käsekilo
STERNZEICHEN: Waage
AUGENFARBE: schwarz
HAARSCHNITT: Sturm „freestyle", Stärke 12
HAARFARBE: weiß

BESONDERE KENNZEICHEN: bunte Brille, Zwirbelbart
MEINE HOBBYS: Sachen erfinden und experimentieren
WAS ICH WERDEN MÖCHTE: Käsekuchenlands erster Dauerkäseerfinder
FINDE ICH COOL: „Der Start im Diddldaddl-Mobilator" (Hörspiel 2)
WAS ICH NICHT MAG: meine Vergesslichkeit, die Frog-Brothers
WAS ICH GUT KANN: kombinieren, rechnen
WAS ICH NICHT SO GUT KANN: Explosionen vermeiden, nachts schlafen
LIEBLINGSFARBE: fluoreszierendes Hologrammrotgrünblau
LIEBLINGSMUSIK: Feuerwerksmusik
LIEBLINGSESSEN: meine selbst erfundenen Käsekonzentratpillen mit allen lebenswichtigen Nährstoffen. Schnell und unkompliziert.
LIEBLINGSGETRÄNK: selbst gebrauter Ideensprudel, Marke „Blubberpeng-Achjadasistes" mit Vitaminzusatz A–Z
LIEBLINGSKLAMOTTEN: meine karierte Hose und mein weißer Erfinderkittel
LIEBLINGSFILM: „Zurück in die Zukunft"
ICH BIN EIN FAN VON: Diddlonardo da Vinci

MEIN GRÖSSTER WUNSCH: endlich den Dauerkäse zu erfinden

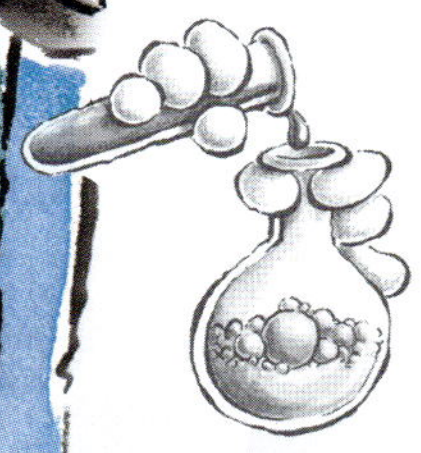

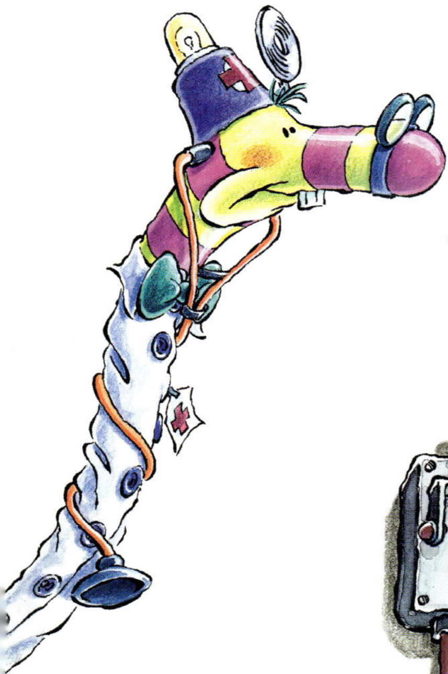

Und was geht Onkel Blubberpeng gerade so durch den Kopf?

Okay, wollen wir doch mal sehen, ob es mir diesmal gelingt, dauernd den Erfinder zu käsen, ähm, Unsinn, ich meine den Dauerkäse zu erfinden … Was war jetzt noch gleich das Besondere daran?! Ach natürlich, das ist der Käse, der immer voll ist, na ja, immer da ist halt, also, ähm, wie soll ich sagen: ein Käse, der nie alle ist … Genau, jetzt hab ichs wieder! Also, mal guckschausehen … ein bisschen hiervon und noch etwas davon und jetzt kräftig schütteln … zischkrawummbumsknall … oh, das war dann wohl doch auch noch nicht die geformte Richtung, ähm, die richtige Formel. Aber warum bloß?

Oh, hallo, ich hab ja Zuschauer! Na, dann ist das ja kein Wunder, das hat mich jetzt irgendwie nervös gemacht, und wenn ich nervös bin, dann passiert mir so was. Obwohl … als neulich der löcherlose Käse explodiert ist, da war ich eigentlich gar nicht nervös … komisch. Egal, starten wir halt Dauerkäse-Versuch Nr. 24.379 – diesmal klappts bestimmt!

Hoppla, was ist denn das? Das muss eben aus dem Versuch entstanden sein … oder liegt das hier schon länger rum? Nein, dann wäre mir das bestimmt aufgefallen. Also, das sieht aus wie … ach Merksmir, hilf mir doch mal …
Genau, das sieht aus wie ein Loch – ein Käseloch …

(Szene aus dem Hörspiel „Diddls Crazy Holidays")

STECKBRIEF VON MERKSMIR

NAME: Merksmir Lettermampf
TIERART: Bücherwurm
GEBURTSDATUM: Hab ich leider vergessen!
GEBURTSORT: im Land „Bibliothekia"
WOHNORT: Käsekuchenland, im Bücherregal bei Professor Blubberpeng
GRÖSSE/LÄNGE: keine fixe Länge, da ich sehr dehnbar bin
GEWICHT: sehr wenig, denn Streifen machen bekanntlich schlank, hihi
STERNZEICHEN: Kann ich nicht sagen, da ich ja nicht weiß, wann ich geboren bin!
AUGENFARBE: schwarz
HAARFARBE: türkisgrün
HAARSCHNITT: klassisch scheitellos

BESONDERE KENNZEICHEN: Leselampe im Hut
MEINE HOBBYS: mit dem Professor diskutieren und ihm assistieren, Gehirnjogging
WAS ICH WERDEN MÖCHTE: der schlaueste Bücherwurm im Käsekuchenland
FINDE ICH COOL: Blubberpengs Experimente
WAS ICH NICHT MAG: Regenwetter, die Frog-Brothers
WAS ICH GUT KANN: mir Dinge merken
WAS ICH NICHT SO GUT KANN: kochen, fliegen, tanzen
LIEBLINGSMUSIK: Musik von Amadeusdiddl Mozart
LIEBLINGSFARBEN: ultraviolett und infrarot
LIEBLINGSGETRÄNK: Buchstabensuppe
LIEBLINGSESSEN: Bücher aller Art
LIEBLINGSKLAMOTTEN: meine türkisgrüne Fliege
LIEBLINGSFILM: Dr. Doodiddl
ICH BIN EIN FAN VON: Quizsendungen
MEIN GRÖSSTER WUNSCH: dass mir mein Geburtstag wieder einfällt

Das ist das absolut klügste Wesen, das ich kenne:

Merksmir Lettermampf!

Er ist ein richtig echter Bücherwurm, und mit seiner Lampe auf dem Kopf und der dicken Brille vor den Augen sieht er auch noch oberschlau aus. Merksmir lebt bei Onkel Blubberpeng, schräg rechts hinten oben im Bücherregal, und ist ständiger Ratgeber und sozusagen die „rechte Hand" des Professors. Ohne ihn würde es im Tüfteltestlaboratorium vermutlich noch viel öfter knallknisterdampfexplodieren.

Merksmir ernährt sich nahezu ausschließlich von schlauen Büchern und nimmt beim Verzehr dieses Lesefutters all das Wissen in sich auf, das sich in den Büchern versteckt. Schon heute gilt Merksmir daher als das lebende Lexikon im Käsekuchenland. Er kann wirklich jede Frage beantworten – was übrigens immer sehr liebenswert klingt, denn er lispelt ein wenig. Nur eines ist ihm seltsamerweise nie wieder eingefallen: sein Geburtsdatum! Na ja, vielleicht frisst er sich ja irgendwann einmal zufällig durch seine Geburtsurkunde …

Einige wissenswerte Überlegungen aus dem Mund des schlauen Bücherwurms ...

Seid gegrüßt, liebe Leser dieses Buches! Ich verzehre zwar normalerweise jegliche Art von Büchern um meinen Hunger zu stillen, aber dieses hier werde ich selbstverständlich nicht anknabbern. Alles, was hier zu lesen ist, weiß ich schließlich bereits, denn es handelt sich ja um meine Freunde und Weggefährten. Da fällt mir auf, dass in dem Wort „Gefährte" irgendwie das Wort „Gefahr" enthalten ist ... Na, dann sollte ich umso mehr betonen, dass es sich bei Professor Diddldaddl Blubberpeng um meinen engsten Gefährten handelt, denn gefährlich ist es in seiner Nähe häufiger. Zumindest für einen Wurm wie mich, der ja bekanntermaßen keine Beine hat, um schnell davonzurennen! Gleichwohl die Gefahr einen nicht zu unterschätzenden Punkt in diesem Leben, das zu führen ich gewohnt bin, darstellt (ich hoffe, ihr könnt meiner Wortwahl folgen ...), so ist die Herausforderung, dem Professor bei seinen hochwichtigwissenschaftlichen Unternehmungen unterstützend zur Seite zu stehen, doch unwiderstehlich groß. Puh, das war ein echter Bücherbandwurmsatz ...

Ich glaube, jetzt brauche ich erst einmal was zu lesen, ähm, pardon, zu futtern!

Kolossalköstlich, dieses Lesefutter! So ein Kochbuch
ist doch immer wieder ein besonderer Gaumenschmaus!

Nun, meine lieben Freunde – nach einem üppigen Frühstück sehe ich mich durchaus in der Lage, euch einige spannende und wissenswerte Dinge über diese Welt zu erklären, auf der wir uns befinden – ähm, besser gesagt auf und in der ich mich gerade befinde …

THE FROG-BROTHERS

Und dann gibt es noch Fritt, Fratt und Friedl …

… die berüchtigten Frog-Brothers!

Bei diesen merkwürdigen Gesellen handelt es sich um richtige Bösewichte. Kaum zu glauben, aber so etwas gibt es sogar bei uns im Käsekuchenland. Die drei Frösche versuchen immer wieder fiese Streiche zu spielen und uns irgendwie Ärger zu machen.

Fritt ist der älteste von ihnen – wobei er nicht wirklich deutlich älter ist, denn die drei sind Drillinge! Ob ihrs glaubt oder nicht – schon während der Geburt haben sie sich gekloppt, weil jeder der erste auf der Welt sein wollte!

Über das genaue Alter könnte man jetzt verschiedener Meinung sein, denn die Frogs sind am 29. Februar geboren und können daher nur alle vier Jahre Geburtstag feiern …

STECKBRIEF VON FRITT THE FROG

NAME: Fritt the Frog
TIERART: Fies-Frosch
GEBURTSDATUM: 29. Februar 1992
GEBURTSORT: Frog-Island
WOHNORT: Hütte in den Krötensümpfen
GRÖSSE: vier Froschschenkellängen
GEWICHT: „Ist mir egal!“
STERNZEICHEN: Kaulquappe, hähähä (Fische)
AUGENFARBE: schwarz
HAARFARBE: schwarz
HAARSCHNITT: Stoppelglatze

BESONDERE KENNZEICHEN: rote Augenlider, Brusthaartoupet – als Zeichen meiner Überlegenheit
MEINE HOBBYS: Diddl und seinen Freunden fiese Streiche spielen
WAS ICH WERDEN MÖCHTE: Froschkönig
FINDE ICH COOL: nach dem Essen laut rülpsen
WAS ICH NICHT MAG: bunte Farben, Schnulzenmusik, knuddeln und so was …
WAS ICH GUT KANN: mit meiner Zunge schnalzen, Streiche aushecken
WAS ICH NICHT SO GUT KANN: schwimmen, Streiche erfolgreich zu Ende bringen
LIEBLINGSMUSIK: Heavymetal-Warzenpunk
LIEBLINGSFARBE: unbuntes Matschgrün
LIEBLINGSGETRÄNK: „Klatscheberger Mückenpüree“
LIEBLINGSESSEN: fette Fliegen
LIEBLINGSKLAMOTTEN: meine Hose mit Gürtel und Chefschnalle
LIEBLINGSFILM: „Invasion der Frösche“ von Francis Frog Hoppola
ICH BIN EIN FAN VON: Arnold Warzenegger
MEIN GRÖSSTER WUNSCH: die neue Blähstation 2

STECKBRIEF VON FRATT THE FROG

NAME: Fratt the Frog
TIERART: Fett-Frosch
GEBURTSDATUM: 29. Februar 1992
GEBURTSORT: Frog-Island
WOHNORT: Hütte in den Krötensümpfen
GRÖSSE: vier Froschschenkellängen
GEWICHT: zwei Speckfliegenzentner
STERNZEICHEN: Kaulquappe, hähähä (Fische)
AUGENFARBE: schwarz
HAARFARBE: unsichtbar
HAARSCHNITT: Glänzeglatze

BESONDERE KENNZEICHEN: fette Wampe, grüne Augenlider
MEINE HOBBYS: Diddl und seinen Freunden fiese Streiche spielen
WAS ICH WERDEN MÖCHTE: Fleischfliegenzüchter
FINDE ICH COOL: Friedl in den Hintern treten
WAS ICH NICHT MAG: wenn Friedl mir das Bein stellt, mit meiner Zunge an der von Friedl hängen bleiben
WAS ICH GUT KANN: Fritt nachquatschen, mit meiner Zunge schnalzen, 'nen fetten Bauchplatscher ins Wasser machen
WAS ICH NICHT SO GUT KANN: schwimmen, mit meiner Zunge Fliegen treffen
LIEBLINGSMUSIK: Volksmusik, „Die Wildecker Herzfröschchen"
LIEBLINGSFARBE: grasgrün
LIEBLINGSESSEN: Güllefelder Fleischfliegen XXL
LIEBLINGSGETRÄNK: Froca-Cola
LIEBLINGSKLAMOTTEN: meine Schlank-mach-Streifenshorts
LIEBLINGSFILM: „Der Froschprinz vom Försterwald"
ICH BIN EIN FAN VON: Julia Frogberts

MEIN GRÖSSTER WUNSCH: eine Freundin

STECKBRIEF VON FRIEDL THE FROG

NAME: Friedl the Frog
TIERART: Faul-Frosch
GEBURTSDATUM: 29. Februar 1992
GEBURTSORT: Frog-Island
WOHNORT: Hütte in den Krötensümpfen
GRÖSSE: vier Froschschenkellängen
GEWICHT: 15 Moskitozentner
STERNZEICHEN: Qualle, hähähä (Fische)
AUGENFARBE: schwarz
HAARFARBE: schwarz
HAARSCHNITT: schmierig ungepflegt

BESONDERE KENNZEICHEN: violette Augenlider, Entenpopo
MEINE HOBBYS: Diddl und seinen Freunden Streiche spielen
WAS ICH WERDEN MÖCHTE: Müllplatzinspektor
FINDE ICH COOL: Fratt das Bein stellen
WAS ICH NICHT MAG: wenn Fratt mir in den Hintern tritt, wenn ich mit meiner Zunge an der von Fratt hängen bleibe, wenn ich einen Knoten in der Zunge habe
WAS ICH GUT KANN: Fritt nachplappern, mit meiner Zunge schnalzen
WAS ICH NICHT SO GUT KANN: schwimmen, mit meiner Zunge Fliegen fangen
LIEBLINGSFARBE: rosarot gestreift
LIEBLINGSMUSIK: Volksmusik
LIEBLINGSGETRÄNK: „Grottenpfützer Moskitomilchshake“
LIEBLINGSESSEN: Fliegenmaden in Lehmkruste
LIEBLINGSKLAMOTTEN: mein Feinrippunterhemd und meine Sporthose
LIEBLINGSFILM: „Der Froschjodler vom Muffeltümpel“
ICH BIN EIN FAN VON: Frad Spencer und Froghence Hill
MEIN GRÖSSTER WUNSCH: öfter als alle vier Jahre Geburtstag zu haben

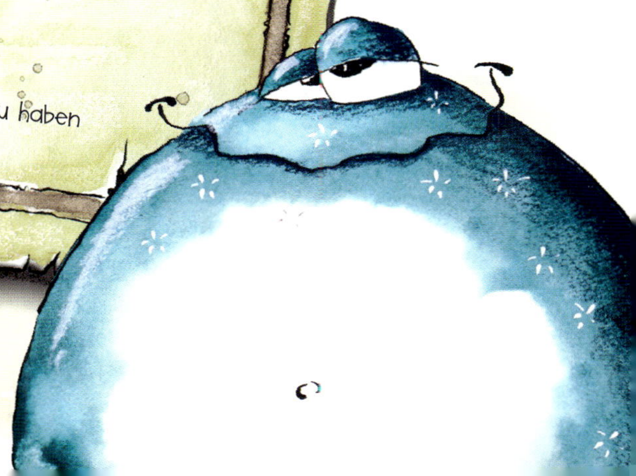

Achtung - Froschalarm!

Auf jeden Fall ist Fritt der selbst ernannte Anführer der Frogs und vor allem damit beschäftigt, seine Brüder herumzukommandieren. Er ist allerdings auch der gemeinste und hat die fiesesten Ideen.

Fratt ist der dickste der drei Brüder und fällt vor allem durch seine extreme Tollpatschigkeit auf. Er ist so ungeschickt, dass er sich oft selbst ein Bein stellt, auch im übertragenen Sinne – schon so mancher Streich der Brüder ist an Fratts Schusseligkeit gescheitert.

Kommen wir zu Friedl, dem dritten und mit Abstand dümmsten Frog-Brother. Auch er sorgt durch sein selten dämliches Verhalten oft dafür, dass die Streiche der Brüder nach hinten losgehen.

Sooft sich die Frog-Brothers auch schon so richtig fröstel-fiese Frechheiten für uns ausgedacht haben – wenns hart auf hart kommt, dann würden wir wohl doch alle zusammenhalten, damit niemand ernsthaft zu Schaden kommt. Nur zugeben würden die Frogs das sicher – nie!

Alarmstufe 3 - die Frogs sind im Anmarsch.

Frog Brothers
Fritt
Fratt
FB
THE GANG!

STECKBRIEF VON WOLLYWELL

NAME: Wollywell
TIERART: schwarzes Angora-Schaf
GEBURTSDATUM: 6. Juni 1996
GEBURTSORT: Käsekuchenland
WOHNORT: überall im Käsekuchenland
GRÖSSE: so hoch wie Pimboli
GEWICHT: 13 Wollepfunde ungeschoren (mit Wolle); 7,5 Wollepfunde geschoren
STERNZEICHEN: Zwillinge
AUGENFARBE: schwarz
HAARFARBE: schwarz
HAARSCHNITT: Afrolook

BESONDERE KENNZEICHEN: schwarze Wuschelwolle
MEINE HOBBYS: Blumen vernaschen
WAS ICH WERDEN MÖCHTE: ganz oft getröstet
FINDE ICH COOL: Schlitten fahren
WAS ICH NICHT MAG: die Frog-Brothers, im Winter geschoren werden
WAS ICH GUT KANN: überall hochklettern
WAS ICH NICHT SO GUT KANN: ohne Hilfe wieder herunterkommen
LIEBLINGSMUSIK: Didldudlsackmusik
LIEBLINGSFARBE: weiß
LIEBLINGSGETRÄNK: Mondscheinfunkelseebrause
LIEBLINGSESSEN: Blumen aller Art
LIEBLINGSKLAMOTTEN: mein Wuschelwollpelz
LIEBLINGSFILM: „Sheeps in Black" mit Woll Smith
ICH BIN EIN FAN VON: Filmen aus Wollywood
MEIN GRÖSSTER WUNSCH: einmal ein weißes Schaf zu sein

Das ist Wollywell, das schwarze Schaf im Käsekuchenland!

Dieses schüchterne Schäfchen ist ziemlich schusselig, so dass es in ein Fettnäpfchen nach dem anderen stolpert. Empfindliche Vasen, mühsam angelegte Gemüsebeete oder frisch gepflückte Blumensträuße – nichts ist vor dem kleinen Tollpatsch sicher. Kein Wunder, dass es damit nicht gerade Begeisterungsstürme erntet ... So kommt es, dass Wollywell fast immer traurig ist und die Tränen nur so kullern. Da kann maus dann gar nicht anders, als von Herzen zu trösten. Schließlich kann Wollywell ja nichts dafür, dass es so ungeschickt ist.

Und wenn es einen mit seinen traurigen Augen und diesem liebenswertwolligen Blick anschaut, dann kann ihm einfach niemand wirklich richtig böse sein.

WOLLYWELL IST SOOOO UNGESCHICKT.

Ein paar von Wollywells unvergesslichen Fettnäpfchen ...

Da war zum Beispiel der Tag, an dem ich für meine Diddlina einen mächtig großen Blumenstrauß gepflückt hatte ... Als ich ihn ihr freudestrahlend überreichte, bestand der Strauß nur noch aus grünen Stängeln: Ich hatte nicht bemerkt, dass Wollywell hinter meinem Rücken alle Blüten abgeknabbert hatte!

Oder unser letzter Campingausflug ... Wir hatten gerade unser Nachtlager aufgebaut und wollten es uns so richtig kuschelgemütlich machen, da purzelte das ganze Zelt auf einmal in sich zusammen. Wollywell war beim Blumengrasen über die Schnüre gestolpert, hatte sich ratzefatz darin verfangen und beim Versuch, sich zu befreien, alles mit umgeworfen. Oh ja, und ganz spektakulär war Wollywells erster (und wohl auch letzter!) Besuch in Onkel Blubberpengs Probiertüfteltestlaboratorium! Onkel Blubberpeng hatte drei Tage lang an einem hyperhochkomplizierten Versuchsaufbau gearbeitet, der ihm endlich den Durchbruch in der Dauerkäseentwicklung bescheren sollte. Gerade als der eigentliche Versuch beginnen sollte, schnupperte Wollywell an einigen Pulverschalen der Versuchsanordnung, musste dann niesen, brachte dadurch das Reagenzpulver in das Schießpulver und löste somit eine Kettenreaktion aus, die schließlich in einer Art Überschallkäsefeuerwerk mündete.

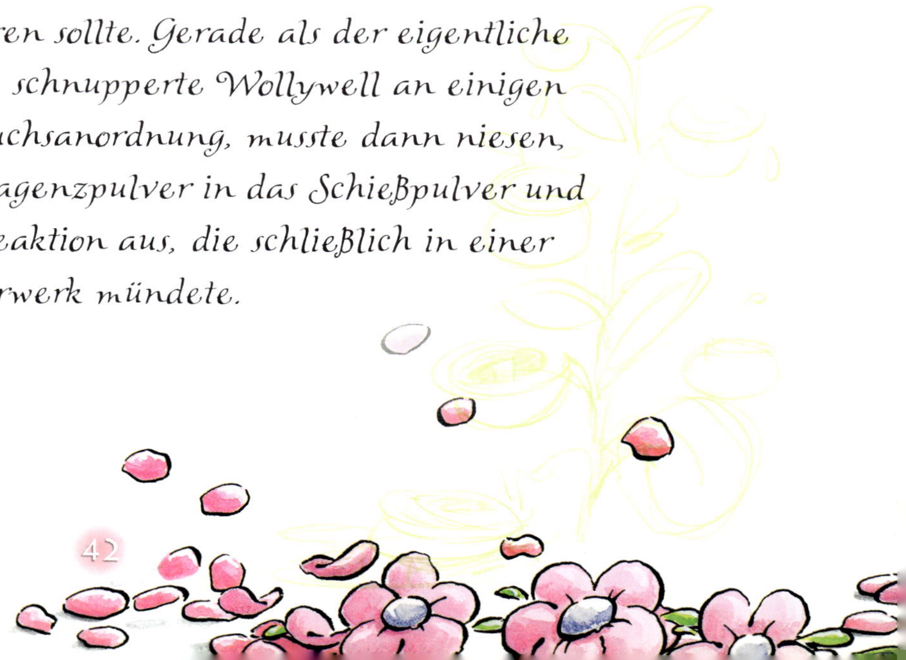

0002
OFF

Und hier kommt Vanillivi, das weiße Glücksschaf!

Nicht jedes käsekuchenländische Schaf ist schusselig, dafür ist Vanillivi der lebende Beweis. Es springt wie ein wuscheliger Watteball fröhlich glucksend über die Wiesen und sucht nach seiner Lieblingsleibspeise: vierblättrigem Glücksklee! Ich kann da oft stundenlang suchen und finde doch nur Klee mit drei Blättern, aber Vanillivi findet immer das Glück! Es heißt, dass jeder, der das kuschelweichweiße Schäfchen ganz lieb streichelt, von Vanillivi mit einer großen Portion Glück und Zufriedenheit beschenkt wird ...

Vanillivis Glücksklee

STECKBRIEF VON VANILLIVI

NAME: Vanillivi
TIERART: weißes Glücksschaf
GEBURTSDATUM: 7. Juli 1996
GEBURTSORT: Käsekuchenland
WOHNORT: überall im Käsekuchenland
GRÖSSE: so hoch wie Wollywell
GEWICHT: 6,5 Wollekilo ungeschoren (mit Wolle); 3,75 Wollekilo geschoren
STERNZEICHEN: Krebs
AUGENFARBE: schwarz
HAARFARBE: weiß
HAARSCHNITT: Wolkenwattelook

BESONDERE KENNZEICHEN: weiße Wuschelwolle
MEINE HOBBYS: in den Sommerhimmelwolken Tiere und Figuren erkennen
WAS ICH WERDEN MÖCHTE: Glückskleetester
FINDE ICH COOL: dass Diddl beim Einschlafen Schäfchen zählt
WAS ICH NICHT MAG: die Frog-Brothers, zu dickes Wollfell im Sommer
WAS ICH GUT KANN: für Ackaturbo die Notlandeaufprallmatratze spielen
WAS ICH NICHT SO GUT KANN: beim Spielen sauber bleiben
LIEBLINGSMUSIK: wattesanfte Wiegenmusik
LIEBLINGSFARBE: schwarz
LIEBLINGSGETRÄNK: Mondscheinfunkelseebrause
LIEBLINGSESSEN: Glücksklee
LIEBLINGSKLAMOTTEN: mein rotes Halstuch
LIEBLINGSFILM: „Watten das ...?“
ICH BIN EIN FAN VON: Thomas Wollschalk

MEIN GRÖSSTER WUNSCH: einmal von Wolke zu Wolke zu hüpfen

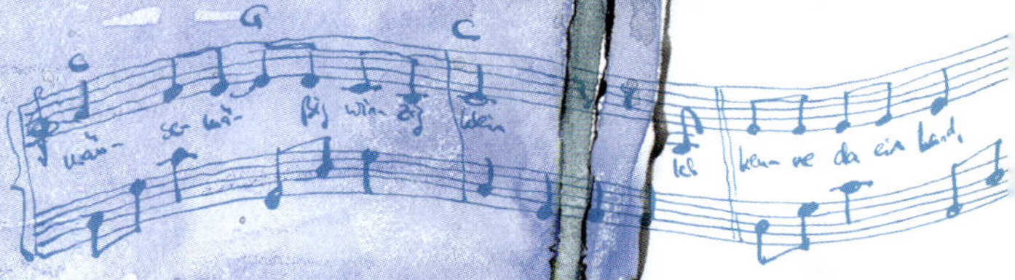

Vanillivi

So hat Vanillivi schon für glückliche Momente gesorgt …

Eines Tages hatte Pimboli zufällig einen wunderhübschen herzförmigen Stein gefunden – ein perfektes Geschenk für seine Freundin Mimihopps! Auf der Flucht vor ein paar wilden Bienchen ist der Stein dann plötzlich verloren gegangen. Pimboli war furchtbar traurig, als Vanillivi ihm mitten auf der Wiese begegnete. Froh darüber, ein liebes bekanntes Gesicht zu sehen, hat Pimboli das Schäfchen ganz doll gedrückt und durchs Flauschefell geknuffelt. Dabei fiel sein Blick plötzlich auf eine große wunderschöne Blüte, und darin lag … genau: das hübsche herzförmige Steinchen!

Oder Ackaturbo – was hatte er für ein Glück! An einem ziemlich sturzflugstürmischen Tag brach er mal wieder heimlich zu einer seiner selbst verordneten Fluglandungsübungsstunden auf. Hoch oben wurde er dann plötzlich – vermutlich wegen der Höhenluft – ein wenig überrabenmütig und drehte eine Purzelpirouette nach der anderen. Doch bei seinem geliebten dreifachen Weltumsegler-Looping kam plötzlich eine wirbelwuselstarke Windböe, Ackaturbo geriet ins Trudelpurzeln, verlor die Kontrolle über seine Flügel, stürzte herab und … landete dann sanft und wunderwuschelweich im Fell von unserem Glücksschaf Vanillivi! Seitdem streichelt Ackaturbo das gute Schaf noch viel öfter und lieber als vorher!

Ein Glücksbringer für seine Freunde zu sein, ist bestimmt ein schäfchenschönes Gefühl!

STECKBRIEF VON GALUPY

NAME: Galupy
TIERART: Galoppogos-Pferd
GEBURTSDATUM: 22. September 2002
GEBURTSORT: auf den Afflbaumwiesen des Käsekuchenlandes
WOHNORT: unter dem Afflsaftquellenbaum am Afflbaumfelsen
GRÖSSE: ein Galupykopf größer als Diddlina
GEWICHT: so viel wie Diddlina, Diddl, Pimboli, Wollywell, Vanillivi und Ackaturbo zusammen
STERNZEICHEN: Jungfrau
AUGENFARBE: schwarz
HAARFARBE: braun
HAARSCHNITT: struwwelig
BESONDERE KENNZEICHEN: weiße Schwanz- und Ohrenspitze, dunkles Vorder- und Hinterbein
MEINE HOBBYS: mit Diddlina und Diddl zum Picknick reiten
WAS ICH WERDEN MÖCHTE: Zirkuspferd
FINDE ICH COOL: die Frogs beim Rodeo herumschleudern
WAS ICH NICHT MAG: die Frog-Brothers
WAS ICH GUT KANN: schnellgaloppieren, urplötzlich stehen bleiben
WAS ICH NICHT SO GUT KANN: mit Messer und Gabel essen
LIEBLINGSMUSIK: Superhelden-Westernmusik
LIEBLINGSFARBE: turboblau
LIEBLINGSESSEN: Haffls
LIEBLINGSGETRÄNK: Afflsaft
LIEBLINGSKLAMOTTEN: mein turboblaues Blumenhalstuch
LIEBLINGSFILM: Diddls Bildschirmschoner
ICH BIN EIN FAN VON: Spirit
MEIN GRÖSSTER WUNSCH: einmal eine Ballonfahrt zu machen und die Afflbaumwiese von oben zu sehen

Galupy

Hier kommt im wilden Galopp: Galupy, das Galoppogos-Pferd!

Das liebenswerte Wildponypferdchen ist ein echter Wildfang, wie es sich für einen mutigen Hengst gehört. Galupy ist immer zu Abenteuern bereit, und es macht ihm Spaß, kleine Streiche zu spielen. Vor allem, wenn es darum geht, die Frog-Brothers hereinzulegen!

Diddlina und ich haben durch unseren jüngsten Freund im Käsekuchenland schon unzählige wunderromantische Picknickplätzchen kennen gelernt ... Es gibt kaum etwas Romantischeres, als gemeinsam mit Diddlina auf Galupys Rücken dem Sonnenuntergang entgegenzutrotten! Aber natürlich gibt es dafür auch immer ein dickes Dankeschön, zum Beispiel ein paar sanfte Bürstenstriche von Diddlina und von mir ein paar leckere Affl-Früchte. Die liebt Galupy nämlich ganz besonders!

Galupy

Als Galupy und Diddlina sich zum ersten Mal begegnet sind, ist zwischen den beiden sofort der Funke übergesprungen, wie maus so schön sagt. Sie hatten gleich Vertrauen zueinander, und das war auch gut so! Kaum hatten sie sich kennen gelernt, steckten sie nämlich auch schon in einem wilden Abenteuer. Die fiesen Frogs hatten Diddlina und Mimihopps gemausnappt, also entführt, und wollten so von uns ganz viel Käselimonade auspressen, ähm, ich meine erpressen. Galupy konnte uns zur richtigen Stelle führen – sozusagen zum Tatort – und hat uns dann mit allen Pferdestärken geholfen, die grünen Brüder zu erschrecken und unsere Freundinnen zu befreien. So ein Erlebnis schweißt natürlich zusammen, ist ja klar, und seitdem stehen sich Diddlina und Galupy sehr nahe. Aber Galupy ist nun mal ein Wildponypferdchen, das in einer Herde lebt und umhergaloppierzieht. Maus darf es darum nicht festhalten, sonst würde es unglücklich werden. Galupy lebt also weiter in seiner Herde, kommt uns aber ganz oft besuchen. Und irgendwie scheint das kluge Pferdchen ein Gespür dafür zu haben, wenn wir in Gefahr sind, denn dann ist es immer zur Stelle, um uns zu helfen!

Galupy – immer pferdestärkenstark zu Streichen aufgelegt.

Hampfdiddl Bogart

Jetzt wirds spannend – das ist unser Meisterdetektiv Hampfdiddl Bogart:

Er ist stets zur Stelle, wenn knifflige Kriminalfälle und andere Käseschnüffeleien im Käsekuchenland zu knacken sind. So kennt er die berüchtigten Frog-Brothers vermutlich so gut wie kein anderer, denn sie gehören in der Regel zu den ersten Verdächtigen.

Hampfdiddl Bogart hat in Littldiddmausen ein kleines Detektivbüro, und maus sieht ihn eigentlich nie ohne sein spürnasencooles Trenchcoat-Outfit. Besonderes Merkmal der inzwischen auch schon etwas älteren Spürmaus ist die Kaubanische Käsestange, auf der er eigentlich ununterbrochen herumkaut. Das hilft ihm offensichtlich beim Ermitteln und Aufspüren von Verdächtigen ... Auf jeden Fall hat er schon so manchen kniffligen Fall lösen können, der sich im Käsekuchenland ereignet hat, und ich kann euch sagen: Maus fühlt sich wirklich sicherer, wenn einem ein so schnüffelstarker Meisterdetektiv zur Seite steht!

STECKBRIEF VON HAMPFDIDDL BOGART

NAME: Hampfdidal Bogart
TIERART: Springmaus
GEBURTSDATUM: 4.4.44, 4 Uhr 44
GEBURTSORT: Detektivbüro in Littldiddmausen
WOHNORT: Käsekuchenland
GRÖSSE: dreikäsehochneunundvierzig
GEWICHT: muss noch recherchiert werden
STERNZEICHEN: Widder
AUGENFARBE: schwarz
HAARFARBE: schwarz
HAARSCHNITT: cool überlegt

BESONDERE KENNZEICHEN: Käsekaustange im Mund, Detektiv-Outfit
MEINE HOBBYS: Detektivfälle lösen
WAS ICH WERDEN MÖCHTE: ein sehr alter Superschnüffler
FINDE ICH COOL: meine „Coolen Kaubanischen Käsestangen"
WAS ICH NICHT MAG: zu leichte Fälle, die Frog-Brothers
WAS ICH GUT KANN: kombinieren, beobachten, versteckte Dinge entdecken
WAS ICH NICHT SO GUT KANN: kochen, meinen Schreibtisch aufräumen
LIEBLINGSMUSIK: spannende Kriminalmusik
LIEBLINGSFARBE: undurchsichtiges Nebelgrau
LIEBLINGSESSEN: „Pizza Detektivo" – da muss ich immer ermitteln, was drauf ist
LIEBLINGSGETRÄNK: doppelter Käsescotch „Hicksy"
LIEBLINGSKLAMOTTEN: mein cooles Detektiv-Outfit
LIEBLINGSFILM: „Casablanca"
ICH BIN EIN FAN VON: Sherlock Diddl Holmes
MEIN GRÖSSTER WUNSCH: einmal in einem Detektivfilm die Hauptrolle zu spielen

Hampfdiddl Bogart

Pssst, leise ... ich ermittle gerade „undercover" ...

Na ja, zumindest versuche ich es. Schließlich machen das die großen Detektive in meinen Krimibüchern auch so. Obwohl ich das ehrlich gesagt nicht so ganz verstehe – ich liege nun schon seit 7 Stunden unter diesem Koffer und es hilft mir gar nichts ...

So etwas Ähnliches ist mir schon mal passiert. Damals wollte ich „in Kognito" ermitteln, weil ich das kurz zuvor in einem atemberaubendspannenden Kino-Krimi gesehen hatte. Aber egal welche Landkarte ich auch anschaute, den Ort „Kognito" konnte ich nirgendwo finden. Komisch, oder?! Also, falls ihr diesen Ort kennt, dann schickt mir doch einfach mal 'ne Wegbeschreibung. Aber natürlich mit Geheimcode! Und wer weiß, vielleicht können wir ja irgendwann einmal zusammen ermitteln.

Hampfdiddl Bogart zur Spitzenspürnase gewählt

SPANNENDSPEZIELLE NEWS AUS DEM KÄSEKUCHENLAND

Käsekaustangenverbrauch angestiegen

Geheimer Käsevorrat entdeckt

Hampfdiddl ermittelt auch in dunklen Käsepoker-Hinterzimmern.

Diddls Verwandtschaft und weitere Freunde

-Opa Dodderich-

Diddls **Uropa** ist weit über 100 Jahre alt und daher manchmal etwas vergesslich. Er ist aber immer gut drauf, hat tolle Ideen und weiß viele Ahnengeschichten zu berichten. Er wohnt in seinem Hausboot im Käsekuchenland.

-Graf Diddcula-

Der **Springmausvampir** wohnt in Burg Bibberstein. Er liebt Knoblauch und verabscheut Gruselgeschichten.

-Diddldeuse de Surprise-

(gesprochen „Diddldös dö Sürpriis")

Entfernter **Cousin** von Diddl aus dem schönen Frankreich. Der Acht-Kronen-Käseblatt-Chefkoch ist ein absoluter Charmeur und hat ein heimliches Auge auf Diddlina geworfen.

-Don Diddlovitsch-

Der entfernte **Schwippschwager** von Diddl ist Feuerpuster beim Zirkus und kommt aus Ungarn.

-Diddldong Ping Wu-

Diddls **chinesischer Um-sieben-Ecken-Vetter** ist Mitglied des chinesischen Springmausstammes. Er hat den schwarzen Gürtel in „Mikado" und kann leider kein „r" splechen ... ähh ... sprechen.

-Ubbs-

Das **Irrlicht** lernte Diddl auf seiner Reise im Endlosmärchenbuch kennen. Ubbs verirrt sich bei jeder Gelegenheit.

-Lilly-

Die **Zitronengötterspeise-Fee** lernte Diddl ebenso auf seiner Reise im Endlosmärchenbuch kennen. Lilly duftet zart nach Zitronen.

-Diddlhump-

Diddls **Ururgroßonkel** war ein weltberüchtigter Mäusepirat. Er hatte auf einer sagenumwobenen Insel seinen Unterschlupf und dort angeblich den weltgrößten Käseschatz versteckt.

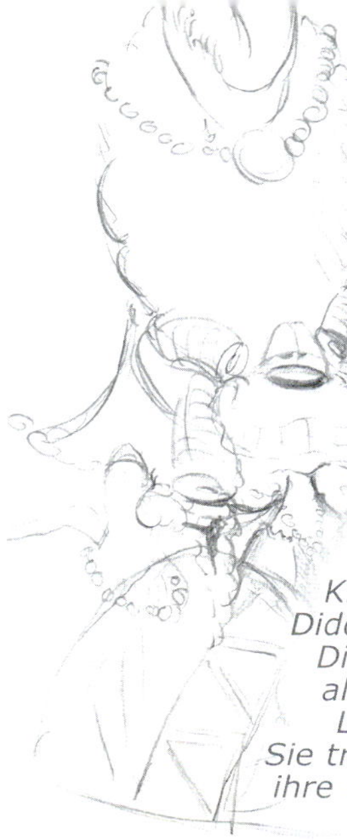

- Tante Diddrudiella -

Diddls steinreiche **Großtante** lebt mit ihren Kindern Didofein, Diddrudlinchen und Diddloritzefritz im alten Schloss von Littldiddmausen. Sie trägt am liebsten ihre Edelsteinsammlung zur Schau.

- Dittzl -

Man sagt, es gäbe sogar eine Vorfahrenlinie von Diddl auf dem **Mars**.

- Diddlora Sprüngli -

Die **Schwubbdischwipp-Schwägerin** von Diddl aus der Schweiz liebt Käsefondue und Plätzli.

- Didofein -

Der **Großcousin** von Diddl wohnt bei seiner Mutter Diddrudiella und ist den ganzen Tag mit seiner Verschönerung beschäftigt.

- Tigopardy-Diddl -

Die Mischung aus Tiger- und Leopardenmaus ist der früheste Urvorfahre von Diddl aus der **Steinkäsezeit**.

- Diddrudlinchen -

Die **Großcousine** von Diddl wohnt bei ihrer Mutter Diddrudiella. In ihrem Hochzeitskleidchen wartet sie seit Jahren auf den Prinzen.

- Diddluigi di Antipastipeperazzi -

Der italienische **Großonkel** von Diddl hatte ein kleines Restaurant in seiner Heimat Sizilien, in dem besonders gerne die MAfiA (Mäuse-Abordnung für idyllisch-leckere Abendessen) speiste. Diddluigi ist nun aber nach Littldiddmausen umgezogen und betreibt dort seine kleine gemütliche Pizzeria „Da Diddluigi". Er ist ein begnadeter Tänzer [180 Umdrehungen pro Minute (Hörspiel Nr. 1)] und baggert immer wieder gerne Diddlina an.

- Diddloritzefritz -

Der **Großcousin** von Diddl (Sohn von Tante Diddrudiella) fällt stets durch sein krasses Outfit und Benehmen auf. Er ist das „bunte" Schaf in dieser Familie.

Das Käsekuchenland

Nachdem ich dir nun all meine Freunde vorgestellt habe, sollst du natürlich auch unser Zuhause noch etwas näher kennen lernen: das Käsekuchenland!

Der leckerlustige Name ist ganz einfach zu erklären: Die meisten Felsen bei uns sind aus Steinkäse – das ist ein Käse, der fast so hart ist wie Stein. Na ja, und da es an vielen Stellen superstinkerstark nach köstlichem Käsekuchen duftet, fanden wir den Namen „Käsekuchenland" einfach passend!

Im Zentrum unserer Heimat liegt der glitzernde Mondscheinfunkelsee ❶, an dem ich schon so manch rosaromantischen Moment mit meiner Diddlina erlebt habe. Er liegt direkt am Fuße eines riesigen Felsens, den wir Schokoladenfelsen nennen, denn auf seiner Spitze thronen drei brezelbraune Schokoladenkugeln ❷. Direkt am Seeufer haben wir auch unsere Wohnhöhlen – Diddlina lebt am Westufer ❸, Onkel Blubberpengs Laboratorium ❹ befindet sich im Süden und meine Käsehöhle ❺ liegt am nördlichen Ufer. Ziemlich weit weg in südwestlicher Richtung – es könnte ruhig noch etwas weiter entfernt sein – befinden sich die Krötensümpfe. Das ist ein morastiges, unangenehmes Feuchtgebiet voller Fliegen und Stechmücken. Dort leben, na klar: die Frog-Brothers!

Dann ist da noch der duftige Zuckerwattebauschwald, der direkt neben dem Mondscheinfunkelsee liegt. Die Zuckerwattebäusche, die darin umherfliegen, duften nach jedermaus Lieblingsleibspeise, so dass jeder ihnen einfach nachlaufen muss. Da kann es sauseschnell passieren, dass maus sich im Wald verirrt, und das kann dann ganz atemberaubendabenteuerlich werden ... Zum Glück gibt es dafür aber die Antizuckerwattebauschwald-Wäscheklammer für das leicht verführbare Näschen – maus muss sich halt

nur zu helfen wissen! Es gibt viele kleine Orte im Käsekuchenland, wie z. B. Hochhüpfhausen, Hoppsaheim oder Obertrödelstadt und außerdem natürlich auch ein richtiges Hauptstädtchen: Littldiddmausen! Dort findet maus neben der Pizzeria von Diddluigi di Antipastipeperazzi und dem geheimen Büro von Hampfdiddl Bogart sogar ein schnuckeliges Pantoffelkino.

Wohn-Schlafzimmer mit Ritzeratzebett-Nische und Pimbolis Wohnkoffer

So wohnen wir

Mein privatpersönliches Wohnparadies liegt unter einem urururalten hohlen Dachbodenbaum. Vor gaaanz langer Zeit haben meine Vorfahren dort eine gemütlichgeräumige Käsehöhle ins Käsegestein gegraben, mit einem Koch-Ess-Wohnzimmer ❶ und einem Bad im Erdgeschoss ❷ sowie einem kuscheligen Wohn-Schlafzimmer im Obergeschoss ❸. Mein leckerliebstes Plätzchen befindet sich aber im Zwischengeschoss: die Käseknabberkammer ❹! Dorthinein gelangt maus entweder von außen durch eine separate Eingangstür oder von innen durch meinen „Drei-Sterne-immer-frisch-halte-bleib-lecker-Löcher-Käsevorrats-Kühlschrank“ ❺. Dessen Rückwand wurde irgendwann nämlich einfach ausgebaut, weil der Platz darin niemals ausreichte, um den Käseappetit einer durchschnittlich käsehungrigen Springmaus zu stillen. Ganz schön praktisch, oder?

... 479, 480, 481, 482 – eigentlich hätte ich ja fliegen können!

Über eine 482stufenwendelnde Treppe ❻ geht es mitten durch den Baumstamm hindurch zum Dachboden in den drei hohlen Baumkronen. Wenn du nun glaubst, höher gehts nicht – Pusteblume, ähm, Pustekuchen! Noch ein ganzes Käsestück über der dritten Baumkrone ragt das Nest von Ackaturbo ❼ hervor. Es ist so himmlischhervorragend ausgestattet, dass es glatt unter die Wohnkategorie „Luxus-Pennhouse“ fällt.

Nur kurze 13,873 Sekunden braucht maus für den Abstieg vom Dachboden, denn statt der vielen Stolperstufen schwinge ich mich einfach auf die Regenbogenrutsche ❽, und schon lande ich mitten in meinem Käsehöhlenvorgarten.

Koch-Ess-Wohnzimmer
Blubberblasen-Badezimmer
„Drei-Sterne-immer-frisch-halte-bleib-lecker-Löcher-Käsevorrats-Kühlschrank"
Käseknabberkammer
Ackaturbos Nest mit „Regen-Sonnen-Allwetter-All-In-One-Laubdach", „Turbodrall-Looping-Startbahn" und „Doppelter Landungs-Aufprall-Matratze"
Regenbogenrutsche
Hohler Stamm mit Wendeltreppe zum Dreifach-Dachboden
Natürlich überdachter Kuschelkissenplatz mit Knisterfeuerstätte (für lauschige Sommernächte genau das Richtige)
Diddls Briefkasten (freut sich über jeden Briefleckerbissen und kündigt diesen lautstark an)
Diddl

Diddlina bewohnt eine eigene Käsehöhle ❶ unter einer bezaubernden, zart duftenden Blumenwiese und gar nicht weit von mir entfernt – zum Glück! In ihrer gemütlichen Zweieinhalbzimmerhöhle herrscht dank des Wiesendachs immer ein ideales Klima. Obwohl, wenn ich es mir recht überlege – wahrscheinlich liegt das gar nicht an der Wiese, sondern an der süßen Bewohnerin ... Direkt über der Höhle thront ein üppiger Schmetterlingsbaum ❷ – der einzige im ganzen Käsekuchenland. Angezogen von seinem Duft flattern unzählige Himbär- und Blaubärfalter um ihn herum, so dass es aussieht, als würde der Baum bunte Blüten tragen. Kein Wunder, dass sich unter diesem romantischen Blätterdach das Lieblingskuschelkissenplätzchen von Diddlina ❸ befindet!

Eines gefällt mir an Diddlinas Käsehöhle ganz besonders: Direkt an ihrer Höhlenwand wächst eine ganz spezielle Kletterpflanze! Diese „Schönwetterkletterbalkonie“ ❹ spendet dem Fenster im Erdgeschoss angenehmen Schatten, und vor dem Schlafzimmerfenster ist so ein richtiger Balkon entstanden. Von dort haben Diddlina und ich uns schon oft den Sonnenaufgang über dem Mondscheinfunkelsee angeschaut ...

Ein etwas merkwürdiges Gebildebäude befindet sich gegenüber von meiner Höhle, am anderen Ufer des Mondscheinfunkelsees: Onkel Blubberpengs Probiertüfteltestlaboratorium ❶. Explosions- und einsturzsicher steht seine Werkstatt dort eingeklemmt zwischen den massiven Granitfelsen ❷. Nahezu rund um die Uhr wird hier erfunden, herumexperimentiert und gebasteltüftelt, damit am Ende so spektakuläre Ergebnisse wie der unwettergespeiste Hochspannungsbananenbieger oder der durch Obstkernspaltung getriebene Fallobstfallschirm hervorgebracht werden können.

❶ Blubberpengs Labor-Hauptgebäude mit Profifelskippsicherung

❷ Granitfelsformation

❸ Drei Abzugskamine auf dem ausgehöhlten Laborfelsen für die zahlreichen Versuchsanordnungen und Maschinen im Inneren des Laboratoriums

❹ Hauptwindrad der „Wasser-Wind-Perpetuum-Mobile-Konstruktion"

❺ Diddldaddlblubberator (ein schon lange nicht mehr benutztes Unterseeboot mit spezialverstärktem Superperiskop)

❻ Innenansicht von Blubberpengs Probiertüfteltestlaboratorium

STECKBRIEF VON THOMAS GOLETZ

NAME: Thomas Goletz
TIERART: Franke
GEBURTSDATUM: 13. Oktober 1966
WOHNORT: im Diddl-Atelier
GRÖSSE: 0,0018 km
GEWICHT: 77 Käsekilo
STERNZEICHEN: Waage
AUGENFARBE: braun
HAARFARBE: rotblond
HAARSCHNITT: plus-13 mm-struwwel-light
BESONDERE KENNZEICHEN: Schnurrbart, Farbkleckse im Gesicht
MEINE HOBBYS: malen und zeichnen, ins Kino gehen, fotografieren, Natur erleben, Musik hören, in Buchläden stöbern, Klavier spielen, Roadster fahren, „Bilderbücher", Trickfilme und Diddl-Sachen sammeln
WAS ICH WERDEN MÖCHTE: Mitbürger von Littldiddmausen
FINDE ICH COOL: Lehrer mit Herz
WAS ICH NICHT MAG: Ungerechtigkeit, Engstirnigkeit, Egoismus; wenn Witze auf Kosten anderer gemacht werden
WAS ICH GUT KANN: mich freuen
WAS ICH NICHT SO GUT KANN: Sport, kochen, Musiknoten lesen
LIEBLINGSMUSIK: Hausmusik mit Schmackes
LIEBLINGSFARBE: blaubeerenblau und abendrotrot
LIEBLINGSESSEN: fränkische Bratwürstchen mit Sauerkraut und Senf
LIEBLINGSGETRÄNK: dunkles Radler
LIEBLINGSKLAMOTTEN: meine Jeans und meine Diddl-Socken
LIEBLINGSFILM: „Der mit dem Wolf tanzt"
ICH BIN EIN FAN VON: meiner Frau Jutta, den Disney Parks in Amerika, „Cirque du Soleil"
MEIN GRÖSSTER WUNSCH: immer gesund und kreativ zu bleiben

Das ist mein „Zeichenpapa“: Thomas Goletz!

Er hat mich 1990 sozusagen „auf die Welt gebracht“, indem er die ersten Zeichnungen von mir gemacht hat. Zum damaligen Zeitpunkt hatte sich Thomas als „Autodiddldakt“* schon länger mit dem Cartoonzeichnen beschäftigt.

Tja, und plötzlich war da ein Känguru in Latzhosen auf dem Blatt Papier. Ja, du hast richtig gelesen – ganz am Anfang war ich ein Känguru! Aber irgendwie wollte Thomas eine Figur, die kleiner und knuffiger ist, und so wurde aus dem Känguru ratzeflink eine Springmaus!

Von Anfang an waren mein Zeichenpapa und ich ein turbotolles Team, und so dauerte es gar nicht lange, bis Thomas sich mit einem ganzen Stapel Zeichnungen auf den Weg machen konnte, um einen Verlag zu suchen. So landeten wir beide dann bei Depesche, wo zuerst eine Postkartenserie und dann nach und nach die unzähligen anderen blubberbunten Diddl-Produkte entstanden sind.

*Ein „Autodiddldakt“ ist jemand, der sich das Diddeln selbst beibringt

Thomas habe ich es übrigens auch zu verdanken, dass ich nicht allein geblieben bin, was auf die Dauer wohl auch ganz schön langweilig geworden wäre. Zuerst hat er mir meine süße Diddlina an die Pfote gegeben, und allein dafür hab ich ihn noch dreimal so gern wie sowieso! Auch alle meine anderen Freunde stammen aus seiner Feder, und obendrein hat er uns unsere wunderschöne Heimat geschenkstaltet: das Käsekuchenland.

Ich könnte mir keinen besseren „Papa" vorstellen, denn schließlich führe ich ein rundum glucksglückliches Leben, das stets aufs Neue durch spitzespannende Ideen und neue Freunde bereichert wird. Was will maus noch mehr?

EIN BUCH AUS DER DIDDL-WERKSTATT

Thomas Goletz und
Depesche Vertrieb GmbH & Co. KG
Postfach 1509
21496 Geesthacht

Printed in Germany

ISBN 3-937511-00-8

1. Auflage 2004

Besuch uns doch auch mal im Internet unter www.diddl.de

Mimihopps
Pimboli